Certifié PEFC

Ce produit est issu de forêts gérées durablement et de sources contrôlées.

PEFC 10-31-1093

pefc-france.org

ISBN 978-2-7002-3576-0

Loi n° 49-956 du 16-07-1949 sur les publications destinées à la jeunesse.

Les mercredis d'Agathe

Texte de Pakita
Images de J.-P. Chabot

Le club des grands inventeurs

RAGEOT • ÉDITEUR

Qu'est-ce que vous faites, vous, le **mercredi** ?

Moi, ça dépend des fois !

Aujourd'hui, j'ai passé l'après-midi chez Léonard. C'était trop super.

Quand Léonard m'a invitée, j'ai sauté en l'air de **joie.** D'habitude, c'est toujours lui qui vient chez moi. Mon appartement est tout près de la maison de ses grands-parents.

Alors quand Léonard va chez eux, il en profite pour venir chez moi et quand il vient chez moi, il en profite pour aller... chez eux ! Évidemment !

De tous mes copains, Léonard est mon préféré. Attention, je n'ai pas dit : « Léonard est mon **amoureux !** » Je n'aime pas trop avoir un **amoureux** parce que je préfère jouer avec tout le monde. Léonard est mon **grand ami** avec qui je partage plein de **secrets.**

Alors bien sûr, quand il m'a dit :

– Agathe ! Il faut que tu viennes chez moi. Je veux te montrer le nouvel atelier à **inventions** que papa m'a construit au fond du jardin.

J'ai répondu :

J'arriiiiive !

Oh ! Mais j'oubliais. Certains d'entre vous ne savent peut-être pas que Léonard est un grand **inventeur.**

Il invente des **trucs,** des **bidules,** des **machins,** des **machines,** des **engins.** Il leur donne des noms, des codes et les note sur son cahier spécial **inventions.**

Jusqu'à aujourd'hui, Léonard **inventait** dans le grenier de sa maison. C'est **ma-gni-fi-que !** On dirait un musée à bazar. Il y en a partout !

Alors c'est sûr, Léonard ne doit plus avoir assez de place pour inventer. En plus, les souris de son grenier grignotent ses **inventions.**

Pour aller chez Léonard, j'ai pris mon **vélo.**

Sur la **piste cyclable,** j'ai rencontré Lucas.

– Où tu vas Agathe ?

– Chez Léonard. Et toi ?

– Moi aussi. On fait la **course ?**

Maman dit toujours qu'il faut partager ses **bonbons,** ses **jouets** et aussi... ses **amis.**

Mais si je veux vous dire la vraie vérité, la réponse de Lucas m'a plutôt embêtée.

Eh oui ! Je pensais être seule avec mon ami Léonard ce **mercredi** après-midi. Alors j'étais un peu déçue.

J'ai répondu :

– Bon... ben... euh... D'accord !

– 3, 2, 1, 0, partez !

On pédalait à toute vitesse quand DIDIDING DIDIDING ! J'ai reconnu la sonnette du nouveau **vélo** de Zoé.

– Salut Lucas ! Salut Agathe ! Où vous allez ?

– Chez Léonard !

– Super ! Moi aussi ! On fait la **course ?**

On a **pédalé** à fond et on est arrivés ex æquo devant la grande grille de la maison de Léonard.

DIDIDING DIDIDING! BLOUIIING! BLOUIIIIIING! PIN PIN!

On faisait un concert de sonnettes quand soudain, un **horrible serpent** avec la bouche en trompette a jailli sous notre nez.

PSSSSSSSSSSSSSS...

– AAAAAAAAAAAAAH ! on a hurlé.

On allait faire demi-tour quand Léonard est apparu.

– Oh oh ! On dirait que vous ne trouvez pas Edgar sympa !

– Edgar ? Qui est-ce ?

– Mon **Serpent-Éloigne-Voleurs,** code **SÉV 01** sur mon cahier d'**inventions.**

Puis Léonard a ajouté :

– J'avais hâte que vous arriviez. On va enfin pouvoir commencer mon **déménagement !**

– Ton **déménagement ?** j'ai répété, étonnée. Quel **déménagement ?**

– Ben… le **déménagement** de mes **inventions** du grenier pour les mettre dans mon nouvel **atelier !**

Lucas, Zoé et moi, on s'est regardés, stupéfaits.

– Je croyais qu'on visitait ton **atelier** et qu'après on irait jouer, a dit Zoé.

– Et moi, je croyais qu'on allait essayer toutes tes **inventions**, a ajouté Lucas.

– Léonard, pourquoi donc tu ne nous as pas prévenus ? je lui ai demandé.

– Arrêtez de faire cette tête les copains, nous a répondu Léonard. J'ai une **surprise** pour vous. Suivez-moi !

Pendant qu'on remontait le chemin qui mène à sa maison, Léonard nous a dit :

– Passez devant, je cherche ma clé.

Quand on est arrivés devant la porte, une voix a crié :

– Haut les mains ! Police !

De surprise, on a bondi en arrière et zou ! **Pluie de bonbons !**

Léonard a éclaté de rire.

– Pas mal non ? C'est moi qui ai enregistré la voix. Et voilà le bouton sur lequel j'ai appuyé pour faire tomber tous les **bonbons**.

Lucas s'est écrié :

– Géniale ton invention mais imagine que des voleurs arrivent jusqu'à ta maison, tu ne vas pas leur donner des bonbons !

– Tu devrais faire deux sacs, j'ai dit. Un avec les bonbons pour les amis, et un autre avec des **piquants de hérisson** pour les voleurs.

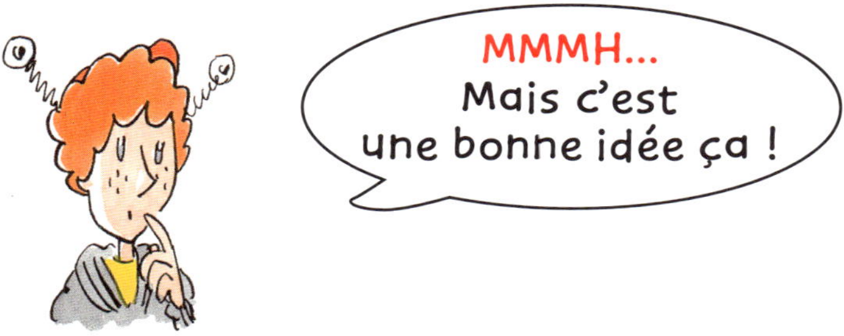

Léonard, où est ton atelier ?
Dans le jardin, derrière la maison.
On traverse ta maison pour y aller ?
On fait le tour en brouette ?
Non ! On y va avec des semelles à ressort, code SR 17 sur mon cahier.

On a contourné la grande maison de Léonard en hurlant et en faisant des sauts de géant quand tout à coup :

WAAAAAOUHHHH !!!

Pour déménager son grenier, Léonard avait mis au point une **maxi-invention ex-tra-ordi-naire !**

– Et voilà le travail ! J'ai utilisé une énorme **poulie,** de la **corde,** trois grands **paniers,** mon **toboggan,** un **coffre-wagon** et des **rails.** Et aussi, pour vous remercier de votre aide, je vous offre à l'avance…

– Quoi ? Quoi ?

– La même casquette que moi.

Wouah ! Génial ! Elle s'appelle « casquette qui fait pouëtt pouëtt quand on saute à cloche-pied », code SZT 22 sur le cahier de Léonard. C'est lui qui l'a inventée et qui nous les a fabriquées.

Vous voulez la même ?

Il faut : une casquette, deux morceaux de **fil de fer,** deux balles de ping-pong, un vieux klaxon.

1. Tordre les morceaux de **fil de fer** en zigzag.

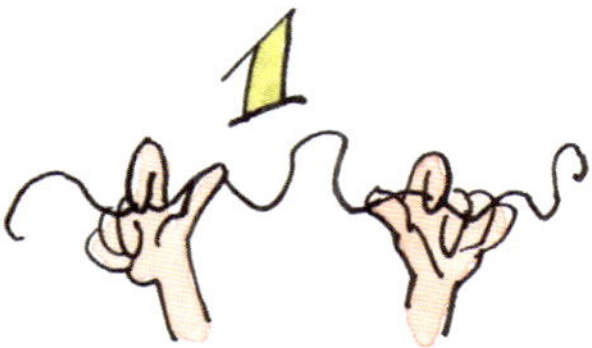

2. Percer les balles de ping-pong et les fixer à un bout.

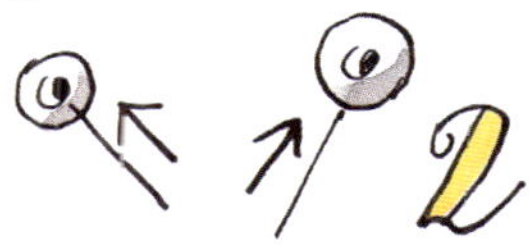

3. Tordre l'autre bout des **fils de fer** en deux escargots et les coudre sur la casquette.

4. Enfin, cacher le klaxon dans son dos et pendant qu'on saute à cloche-pied, appuyer dessus.

POUËTT, POUËTT !

On a enfilé nos **casquettes,** mis le **klaxon** dans notre poche et Léonard nous a expliqué son plan :

– Moi, je suis dans le grenier et vous, chacun votre tour, en haut du **toboggan.** Je mets une **invention** dans un **panier** que j'amène jusqu'à la fenêtre grâce à la **poulie.** Hop ! Vous décrochez le **panier.** Zou, vous glissez sur le **toboggan.**

Blouing, vous sautez dans le **coffre-wagon,** direction l'**atelier.**

C'est moi qui ai commencé. Mais je ne glissais pas très vite sur le **toboggan** alors j'ai dit :

– Léonard, tu sais quoi ? Tu devrais **inventer** le **pantaluge.**

– Facile ! Ne bouge pas, je reviens tout de suite.

Et voilà. Qu'est-ce que vous en pensez, les amis ? À moi, la glisse !

Une fois qu'on avait rangé l'**invention** sur les étagères de l'**atelier,** on remettait le **coffre-wagon** près du **toboggan** et on klaxonnait.

Léonard aurait aimé qu'on aille plus vite mais impossible ! Dès qu'une de ses **inventions** passait devant nos yeux, on l'admirait.

Bien sûr, il y avait des **inventions** qu'on connaissait mais il y en avait plein qu'on n'avait jamais vues.

– Léonard, qu'est-ce que c'est ?

– Des **mini-hélices** code **MH 05** à attacher aux chevilles pour nager plus vite. Elles tournent dans l'eau avec le mouvement des pieds.

– Et ça, c'est quoi ?

– Ma toute nouvelle **échellephone.** J'ai fixé un téléphone sur le barreau du haut. Comme ça, si tu as le vertige, tu peux appeler au secours !

– D'accord ! Mais si tu tombes, tu ne peux plus attraper le téléphone.

– Tu devrais en mettre un au milieu et un en bas, a dit Zoé.

Tout à coup, Léonard a sorti du grenier une **invention** plus grosse que les autres.

– Vous avez vu ma machine empêcheuse de catastrophes pour Lola ? Une **armure** pour la protéger des chutes avec un **parapluie** pour que rien ne lui tombe sur la tête. Je lui donnerai demain.

– Et c'est quoi ta dernière **invention ?** a demandé Lucas.

– Une minute, je vous la montre.

Léonard a disparu puis il a réapparu habillé avec un **pantalon** qui ressemblait à un **pantalon** de clown.

– Je vous présente le **cartalon**, le **cartable-pantalon** multipoches, code **CP 03** sur mon cahier d'**inventions.**

Il nous a expliqué :

– Dans les poches des fesses, je mets mes **livres,** dans les poches des cuisses, mes **cahiers,** dans celles des jambes, ma **trousse** et mon **goûter,** et sur le côté, dans cette longue poche, je range ma **règle.**

– Mais avec ta poche à **règle,** tu ne peux pas te mettre à genoux ! j'ai dit.

Soudain, Lucas a proposé :

– Léonard, est-ce que tu serais d'accord pour que Zoé, Agathe et moi, on forme un **club secret** pour tester et améliorer tes **inventions?**

– On pourrait aussi te dire si quelqu'un a besoin d'une **invention** spéciale, a ajouté Zoé.

– On s'appellerait les **LÉONARDOS,** j'ai dit en riant.

Léonard était d'accord.

Pour fêter ça, on a décidé de fabriquer une **invention** tous ensemble. Mais avant, il fallait finir le déménagement. Alors on a accéléré !

Panier-poulie-toboggan-wagon-atelier-panier-poulie…

Soudain Léonard a hurlé :

– Les **LÉONARDOS,** on a fini ! Maintenant, poussez-vous !

Et il a lancé par la fenêtre des tuyaux, des couvercles, des cartons, des tubes, des bouts de plastique, des rouleaux, des boîtes à œufs, des pots de yaourt, de la corde... tout son **GBI !**

GBI : Grand Bazar pour Inventer.

– La colle et les pots de peinture sont déjà dans mon **atelier,** a crié Léonard.

À ce moment, sa maman est apparue à la fenêtre. Ça alors ! Elle était sur un **vélo** et, pendant qu'elle pédalait, un bras en fer avec un plateau au bout se dépliait. Et sur le plateau, il y avait notre goûter.

– Bonjour les enfants ! Je me suis cassé l'épaule et comme je ne peux rien porter, Léonard m'a inventé ce **vélo-plateau.**

C'était génial ! Et nous aussi, les **LÉONARDOS,** on était géniaux !

Avec des bouts de **GBI,** on a fabriqué un **RPG, Robot Porteur de Goûter** qu'on a emporté jusqu'aux maxi-hamacs. Léonard a accroché son **Réservoir à Grenadine Pour Paresseux.** (code **RGPP 14).** Et on a crié :

– À la santé de Léonard et de ses **LÉONARDOS !**

Après le goûter, Lucas a dit :

– Et maintenant, au boulot les **LÉONARDOS !** À nous la **maxi-invention !**

On a sauté des hamacs et je me suis précipitée devant la montagne du **Grand Bazar pour Inventer.**

– Par où on commence ?

Léonard nous a avertis :

1. Observons bien le matériel. On doit tout utiliser.

2. Maintenant fermons les yeux pour faire venir les idées.

3. Imaginons le modèle dans notre tête…

4. Et pour finir, construisons la machine !

Inventer une machine à plusieurs, c'est difficile. En plus, il commençait à être un peu tard et il fallait qu'on rentre chez nous bientôt.

– Les **LÉONARDOS** n'ont pas le droit d'abandonner, a déclaré Lucas.

– On n'a qu'à tout coller ou attacher ensemble, a proposé Zoé.

C'est ce qu'on a fait. Vous avez vu notre super machine ?

– Je vais l'appeler **MQST,** a déclaré Léonard. **Machine Qui Sert à Tout !**

– Ou **MSL** comme **Machine Secrète des LÉONARDOS,** a dit Lucas.

Finalement, elle s'appelle : **MSLQST 01** sur notre cahier. À vous de traduire !

Oh là là ! Il est tard mais je suis trop excitée.

Ce soir, maman était de mauvaise humeur alors j'ai eu une super idée d'**invention.** Le **FGGPFRG, le Fauteuil à Guili-Guili Pour Faire Rire les Grands !** J'ai trop hâte d'en parler à Léonard et aux **LÉONARDOS.**

Allez bonne nuit les **amis-inventeurs !**

L'auteur

Pakita aime tous les enfants ! Les petits, les gros, les grands, avec des yeux bleus, verts ou jaunes, avec la peau noire, rouge, orange, qui marchent ou qui roulent, et même ceux qui bêtisent !
Pour eux, elle se transforme en fée rousse à lunettes, elle joue, elle chante, elle écrit des histoires et des chansons pour les CD, les livres ou pour le dessin animé.

L'illustrateur

Jean-Philippe Chabot est né à Chartres en 1966. Avant d'entrer à l'école il dessinait déjà. À l'école, il dessinait encore. Puis il a choisi de faire des études de... dessin. Et maintenant, son travail c'est illustrer des albums et des romans.
Il est très heureux de dessiner tous les jours et parfois même la nuit mais toujours en musique.

Les mercredis d'Agathe

Une mini série à découvrir

Je m'occupe
toute seule

Vive la chasse
au trésor !

le mercredi, le jour préféré d'Agathe
pour des activités en toute liberté.

Rendez-vous
au zoo

Le club des grands
inventeurs

Les mercredis d'Agathe

Découvrez tous les univers d'Agathe
sur www.rageot.fr

Achevé d'imprimer en France en août 2012
par I.M.E. - 25110 Baume-les-Dames
Dépôt légal : août 2012
N° d'édition : 5643 - 01